la courte échelle

Les éditions de la courte échelle inc.

Denis Côté

Denis Côté est né le 1er janvier 1954 à Québec où il vit toujours. Diplômé en littérature, il a exercé plusieurs métiers avant de devenir écrivain à plein temps.

Pour les jeunes, il a publié seize romans et deux recueils de nouvelles, en plus de participer à deux recueils collectifs.

Ses romans jeunesse lui ont valu plusieurs prix et mentions, dont le Prix du Conseil des Arts, le Grand Prix de la science-fiction et du fantastique québécois, un premier prix des clubs de lecture Livromagie et le Grand Prix Montréal/Brive du livre pour adolescents pour l'ensemble de son oeuvre. Certains de ses livres ont été traduits en anglais, en danois, en espagnol, en italien, en néerlandais et en chinois.

Amateur de musique pop, de cinéma et de BD, il aime la science-fiction, les romans policiers et les histoires d'horreur. C'est d'ailleurs exactement ce qu'il écrit depuis 1980.

La trahison du vampire est le quatorzième livre qu'il publie à la courte échelle.

Stéphane Poulin

Stéphane Poulin est né en 1961. En 1983, il remporte la mention des enfants au concours Communication-Jeunesse. Depuis, il a obtenu plusieurs prix, dont le Prix du Conseil des Arts, en 1986. En 1988, il reçoit le *Elizabeth Cleaver Award of Excellence* pour l'illustration du meilleur livre canadien de l'année. En 1989, il gagne le *Boston Globe Award of Excellence*, prix international du meilleur livre de l'année, ainsi que le *Vicky Metcalf Award for Body of Work*, pour l'ensemble de son travail d'illustrateur. Puis, en 1990, on lui décerne le Prix du Gouverneur général. *La trahison du vampire* est le septième roman qu'il illustre à la courte échelle.

Du même auteur, à la courte échelle

Collection Roman Jeunesse
Les géants de Blizzard

Série Maxime:
Les prisonniers du zoo
Le voyage dans le temps
La nuit du vampire
Les yeux d'émeraude
Le parc aux sortilèges

Collection Roman+
Terminus cauchemar
Descente aux enfers
Aux portes de l'horreur

Série des Inactifs:
L'arrivée des Inactifs
L'idole des Inactifs
La révolte des Inactifs
Le retour des Inactifs

Denis Côté

LA TRAHISON DU VAMPIRE

Illustrations
de Stéphane Poulin

la courte échelle

Les éditions de la courte échelle inc.

Les éditions de la courte échelle inc.
5243, boul. Saint-Laurent
Montréal (Québec) H2T 1S4

Conception graphique:
Derome design inc.

Révision des textes:
Lise Duquette

Dépôt légal, 2e trimestre 1995
Bibliothèque nationale du Québec

Données de catalogage avant publication (Canada)

Côté, Denis

La trahison du vampire

(Roman Jeunesse; RJ53)

ISBN 2-89021-238-6

I. Poulin, Stéphane. II. Titre. III. Collection.

PS8555.0767T72 1995   jC843'.54   C95-940302-7
PS9555.0767T72 1995
PZ23.C67Tr 1995

Prologue

J'étais impatient de revoir Red Lerouge.

Moi, j'avais treize ans. Lui, plus de trois siècles. Malgré cette différence, j'avais la certitude qu'il était mon ami, à la vie à la mort.

Red était très grand et très mince. Il avait des cheveux longs qu'il teignait en noir. Son visage était blanc comme de la craie. Il portait des verres fumés pour dissimuler et protéger ses yeux rouges.

Sa bouche avait la couleur d'une tomate trop mûre. Et lorsqu'il l'ouvrait, il devait prendre bien soin de cacher ses deux crocs.

Les miroirs ne reflétaient pas son image. Il vivait la nuit et dormait le jour dans un cercueil.

La fois où j'avais fait sa connaissance, il m'avait dit de sa voix sépulcrale:

— En pensant à moi, je veux que tu n'aies jamais peur. Promis?

Deux mois plus tard, Red ne m'effrayait plus. Mieux encore: lorsque je songeais à lui, je sentais une chaleur dans mon coeur.

Avant, j'étais persuadé que les vampires n'existaient qu'au cinéma et dans les livres. À présent, j'étais l'une des rares personnes au monde à connaître son secret.

Mais attention! Red n'était pas un vampire ordinaire!

Il était *abstinent*. Cent ans plus tôt, il avait rejeté le vampirisme afin de mener une existence plus humaine.

C'est ainsi qu'il était devenu le guitariste vedette d'un groupe *heavy metal* appelé Ptérodactylus.

Chapitre I
Une rechute?

En plus des deux billets pour le spectacle de samedi, Red m'avait envoyé un laissez-passer me permettant d'assister à une répétition. Voilà pourquoi je me trouvais au Colisée, ce jeudi soir du mois de mars.

— Ils appellent ça de la musique! a grogné l'employé qui me guidait. Tu vois la porte, là? Vas-y tout seul! Je n'ai pas envie de devenir sourd, moi!

Cette porte donnait sur la patinoire. Quand je l'ai franchie, le *heavy metal* a fondu sur moi comme un ouragan.

À l'autre bout, la scène était encombrée de haut-parleurs si gros qu'on aurait dit le centre-ville de Los Angeles. Je me suis dirigé vers l'origine du cataclysme.

En vue du spectacle, la glace avait été recouverte de panneaux de bois. Des techniciens s'affairaient partout, trop absorbés pour se préoccuper de ma présence.

En m'approchant, j'ai reconnu les musiciens. Celui qui donnait une raclée à ses tambours, c'était Jekyll. Le gars qui étranglait sa guitare, c'était Karl. Quant à celui qui tentait d'arracher les cordes de sa *base*, c'était Gorgo.

Je ne voyais Red nulle part.

Il s'était sûrement éloigné quelques minutes. En attendant son retour, je suis allé m'asseoir dans un coin.

Jekyll, Karl et Gorgo avaient quand même changé. Lorsque je les avais connus, ils ne portaient que du cuir noir et ils étaient couverts de chaînes. De plus, ils étaient maquillés comme dans un film d'épouvante.

Ce soir, ils avaient mis un jean et un tee-shirt. Et leur visage était normal. Ça faisait drôle de constater qu'ils pouvaient ressembler à des humains.

Comme Red n'apparaissait toujours pas, j'en ai conclu qu'il ne participait pas à la répétition. J'étais très déçu.

Les instruments ont fini par se taire. Je me suis alors élancé vers l'escalier qui menait à la scène:

— Jekyll! Karl! Gorgo!

Les trois hommes se sont retournés.

— Maxime, comment vas-tu? a demandé Jekyll en souriant.

— Moi, je vais très bien. Mais où donc est Red?

Ils se sont regardés, subitement mal à l'aise.

— C'est la question qu'on se pose depuis mardi, a répondu Karl.

— On est arrivés à Québec tous ensemble, a expliqué Gorgo. Red était d'excellente humeur. Et puis, pendant qu'on s'installait à l'hôtel, il a disparu! Ensuite, on n'a plus eu de ses nouvelles... Et notre spectacle qui a lieu dans deux jours!

— Depuis qu'il est avec Ptérodactylus, a complété Jekyll, Red n'a jamais eu d'écarts de conduite. J'ignore pourquoi il s'est évaporé comme ça, subitement, mais il doit avoir une très bonne raison.

— Ça m'agace qu'il ne nous ait rien dit! a rouspété Gorgo. Il agit comme s'il ne nous faisait pas confiance!

J'étais muet d'étonnement. Soudain, des exclamations ont retenti dans mon dos:

— Lâchez-moi! Je connais Ptérodactylus! Mais lâchez-moi donc!

Un homme tentait de traverser la patinoire, difficilement retenu par deux employés du Colisée.

— Maxime, te voilà toi aussi? a lancé l'individu en m'apercevant. Mes amis, pourriez-vous expliquer à ces malotrus qui je suis, etc.?

— Ah non! a murmuré Jekyll. Pas lui! Pas le taré!

Le responsable de ce désordre se nom-

14

mait Etcétéra et il était l'animateur culturel de mon école.

Deux mois plus tôt, à la demande des élèves, il avait organisé un festival *heavy metal* auquel Ptérodactylus avait participé. Cependant, parce qu'il détestait ce style de musique, il s'était arrangé pour nous faire croire qu'un vampire se cachait dans l'école.

Finalement, sans savoir la vérité sur Red, il avait accusé notre ami d'être le vampire en question.

Voyant qu'on connaissait Etcétéra, les employés l'ont relâché.

— Je suis simplement venu vous saluer! a-t-il dit en montant sur la scène. Et vous dire que j'ai entrepris une thérapie, etc., afin de m'adapter à votre musique! J'ai même acheté un billet pour votre spectacle!

— On a du travail, a dit Jekyll en nous entraînant plus loin.

— Le vampire n'est pas avec vous?

Estomaqués, on a fait volte-face tous les quatre! Comment donc Etcétéra avait-il fini par apprendre la vraie nature de Red?

— Je vous ai bien eus! s'est-il exclamé, en éclatant d'un rire idiot. Vous pensiez que je vous refaisais le coup de l'autre nuit, etc.! Si vous aviez vu vos têtes!

Puis il a retrouvé un peu de sérieux:

— N'empêche! Lorsque vous vous produisez à Québec, les manifestations vampiriques semblent inévitables, non?

— De quoi parles-tu? a grondé Jekyll.

— Vous ne suivez pas l'actualité? Durant la nuit de mardi, l'édifice de la Croix-Rouge a été cambriolé, etc. Les voleurs ont emporté plusieurs caisses contenant des sachets de sang!

Etcétéra a fait une pause pour mieux savourer l'attention qu'on lui accordait enfin.

— Ce n'est pas tout! a-t-il poursuivi. Hier matin, les éboueurs ont ramassé dans le Vieux-Québec de nombreux cadavres de pigeons, de chats et de chiens. Ces bêtes avaient été mordues dans le cou et vidées de leur sang!

En réalité, le mot «attention» était trop faible pour décrire notre état. Il s'agissait plutôt d'une sorte de stupeur.

— Je ne vous retarderai pas plus longtemps, a-t-il dit en redescendant l'escalier. Et n'oubliez pas de saluer Red Lerouge de ma part!

Il a quitté la patinoire, escorté par les

deux employés. Après un silence, Gorgo a résumé la situation:

— Mardi après-midi, Red disparaît. La nuit suivante, la Croix-Rouge est cambriolée. Le lendemain, des cadavres d'animaux sont découverts, vidés de leur sang... Oh! je déteste la pensée qui me trotte dans la tête!

— Red ne ferait pas des choses pareilles! a objecté Jekyll.

— On lui a toujours fait confiance. Mais Red a beau être abstinent depuis un siècle, il est quand même *un vampire*! Qui nous dit qu'il est parfaitement maître de ses pulsions? En arrivant à Québec, il a peut-être eu une rechute!

— C'est sérieux, a admis Jekyll avec un soupir. Si Red a commis ces délits, le voilà plongé dans les ennuis jusqu'au cou! Et on est dans de fichus beaux draps, nous aussi. Red est notre vedette. Sans lui, Ptérodactylus ne survivra pas!

Non, je refusais d'envisager une hypothèse aussi cruelle! Red était gentil! Ça me révoltait d'entendre ses amis supposer de telles monstruosités à son sujet!

Mon désarroi devait être évident, car Jekyll a posé sa main sur mon épaule:

— Écoute-moi bien, Maxime. J'ignore

si Red est vraiment retourné au vampirisme. Mais on ne peut plus garder les bras croisés! Chez moi, il y a deux marmots qui ont besoin de leur papa pour les nourrir.

— Tu as des enfants, toi?

— Penses-tu que les musiciens *heavy metal* sont des extraterrestres?... Oui, j'ai deux petits garçons! Karl, lui, a une fille de sept ans. Et, la semaine dernière, la blonde de Gorgo a accouché d'un premier bébé.

D'un air décidé, il a repris:

— Il faut retrouver Red! Gorgo, tu appelleras les hôtels pour vérifier s'il n'aurait pas loué une chambre. Karl, tu feras la tournée des bars et des discothèques avec moi.

On s'est dit au revoir. Tandis que j'empruntais le couloir menant à la sortie du Colisée, j'ai pris conscience qu'un sentiment pénible naissait en moi.

En pensant à Red, j'avais peur tout à coup. Peur qu'il ait cédé à ses pulsions vampiriques. Peur qu'il soit redevenu soudainement un monstre. Peur qu'après ses agressions contre la Croix-Rouge et les animaux, il décide d'agresser *les gens*!

Ce n'était plus de la chaleur que je ressentais dans mon coeur. Plutôt un froid glacial qui me donnait envie de me cacher.

Chapitre II
La chasse au vampire

Le lendemain, j'ai songé à Red tout de suite en m'éveillant.

Ce doute affreux en moi, c'était Etcétéra qui l'avait semé. Pourtant, Etcétéra était bien la dernière personne sur la planète qu'il fallait prendre au sérieux.

Pourquoi donc m'étais-je laissé influencer par cet hurluberlu?

Bien sûr, j'ignorais pourquoi Red avait disparu. Mais si ses copains avaient perdu confiance en lui, c'était *leur* problème. Le moment venu, Red leur prouverait bien qu'ils avaient eu tort.

Hugo, mon père, avait préparé mon petit déjeuner. Je l'ai remercié et il a ébouriffé mes cheveux en guise de réponse.

Prune, ma mère, était absente. Elle était partie visiter ma grand-mère souffrante qui habite le Bas-Saint-Laurent.

Depuis une quinzaine de jours, Hugo n'était pas dans son assiette.

Contrairement à Prune, il n'a pas un travail proprement dit. Il s'occupe plutôt de la maison en essayant d'écrire des romans. Mais j'ai déjà vu des écrivains à la télé. Et mon père n'a vraiment pas la gueule de l'emploi!

N'empêche qu'il avait enfin terminé sa première oeuvre. Depuis qu'il l'avait envoyée à un éditeur, il n'était carrément plus le même. On aurait dit que papa attendait des nouvelles du médecin et qu'il craignait d'apprendre que le cancer l'avait frappé.

En voyant le journal sur la table, j'ai pensé aux radotages d'Etcétéra. Ça m'a donné envie d'y jeter un coup d'oeil.

Un article à la page trois s'intitulait «Prédateur sexuel dans le Vieux-Québec?». Je ne savais pas trop ce que c'était, un «prédateur sexuel», mais ce titre a aussitôt attiré mon attention.

À la tombée de la nuit, une femme avait été suivie par un individu louche dans les rues du Vieux-Québec. Elle a accéléré le pas, puis elle s'est mise à courir en espérant le semer. Lorsqu'elle a crié à l'aide, son poursuivant a disparu.

La description de l'individu louche m'a chaviré. Il était très grand et très mince. Il portait de longs cheveux noirs. Son teint était blême. Sa bouche, anormalement rouge.

Le portrait tout craché de Red!

L'article n'avait pas fini de me démolir. Mercredi, des enfants avaient remarqué un homme bizarre, en sortant de l'école, après leurs activités parascolaires. Grand, maigre, une longue chevelure noire, la peau très blanche, la bouche très rouge.

De plus, il portait des verres fumés. Comme Red!

Red n'était pas un «prédateur sexuel». Par contre, je savais à présent qu'il était bel et bien redevenu un vampire.

Et ce vampire avait commencé à s'en prendre aux femmes et aux enfants!

La tristesse, le dégoût, la colère m'écrasaient. En m'affirmant qu'il avait rejeté le vampirisme à tout jamais, Red m'avait donc menti! Il m'avait trompé avec ses belles phrases et sa gentillesse de pacotille!

— Quelque chose te tracasse? m'a demandé mon père avec la voix de l'inquiétude.

Derrière ses lunettes aux verres épais, il avait de grands yeux bruns, très doux, ornés de longs cils.

— Comment on se débrouille, papa, quand on a perdu confiance en quelqu'un qu'on aime? Le sais-tu, toi?

Dans ces moments-là, Hugo me regarde toujours comme si j'étais la personne la plus importante de l'univers.

— Je crois, a-t-il répondu, qu'il faut d'abord vérifier pour quelles raisons on a perdu confiance.

Papa n'a peut-être pas la gueule d'un écrivain. N'empêche qu'il dit souvent des choses qui mériteraient d'être publiées.

***

Vérifier.

J'étais d'accord. Mais vérifier de quelle façon?

J'avais honte d'avoir jugé Red si vite. L'amitié mérite beaucoup mieux que ça, me semblait-il.

Jamais Red n'avait été hypocrite ou menteur avec moi. Depuis mardi, ses pulsions l'emportaient sur sa volonté. Devais-je le condamner parce qu'il avait des faiblesses comme tout le monde?

À bien y penser, il avait besoin d'aide.

Mais il fallait agir avant qu'il ne commette un crime irréparable!

Comment le retrouver? Je ne croyais pas beaucoup aux recherches de Jekyll. Red devait certainement avoir honte. Il fuirait ses amis tant qu'il le pourrait.

À midi, tandis que je me préparais à quitter l'école, je suis tombé sur Etcétéra. Le crétin paraissait surexcité:

— Tu te rappelles ma blague d'hier soir: «Le vampire n'est pas avec vous?»... Eh bien! si je te disais qu'il ne s'agissait pas vraiment d'une blague?

Il me regardait avec la fierté de quelqu'un qui a inventé la roue.

— En accusant Red d'être un vampire, il y a deux mois, je n'avais pas agi sous le coup du hasard! C'est ma fabuleuse intuition, etc., qui m'avait guidé!

J'ai grimacé, car je commençais à comprendre où il voulait en venir.

— As-tu lu les journaux, ce matin? a-t-il repris. La description fournie par les témoins correspond en tout point à celle de Red Lerouge!... Red est un vampire! Un vampire en chair et en os!

À force de s'égarer dans ses élucubrations, Etcétéra avait finalement débouché sur la vérité!

— Je ne laisserai pas ce monstre agir impunément! Je le trouverai, etc.! Je l'empêcherai de transformer Québec en charnier! Ce soir, Maxime, je pars à la chasse au vampire!

Des pensées affolantes zigzaguaient dans ma tête. Toutefois, une idée dominait: empêcher à tout prix Etcétéra d'accomplir sa mission!

— Je t'accompagne! lui ai-je dit. Je connais Red beaucoup mieux que toi. Si on le rencontre, je négocierai avec lui!

— Négocier? On ne discute pas avec un vampire, on lui enfonce un pieu en plein coeur!

Après un court instant de réflexion, il a ajouté:

— Néanmoins, ta proposition m'intéresse. Mais il me faudra l'autorisation d'un de tes parents. Si tu l'obtiens, rends-toi à mon bureau, ce soir, à dix-neuf heures, etc. Et habille-toi chaudement, car on passera sans doute la nuit dehors.

Quand j'ai repris le chemin de la maison, un nouveau problème me tracassait.

Comment faire avaler cette couleuvre à mon père?

***

— Quoi?

— C'est une activité organisée par l'animateur culturel. On revient demain matin. Euh... J'ai tout expliqué à Prune la semaine dernière. Elle était d'accord.

Hugo s'est assis à la table, juste en face de moi. J'étais incapable de le regarder dans les yeux. Un bol de soupe était mon seul rempart contre sa méfiance.

— Voudrais-tu me décrire un peu cette activité? Et pourquoi donc est-il nécessaire qu'elle se déroule en pleine nuit?

— On se rend à Saint-Irénée en autocar. L'objectif, c'est d'observer... euh... le comportement nocturne des grands ducs!

Tels que je connaissais Hugo et sa culture, je m'attendais à l'entendre dire qu'il n'y avait aucun grand duc dans la région de Charlevoix. Il se contentait néanmoins de m'observer comme si j'étais un événement à moi tout seul.

— Maxime! a-t-il soupiré. J'ai terriblement envie de téléphoner à Prune pour savoir ce qu'elle en pense.

Brusquement, ma cuillère s'est soudée au fond de mon bol.

— Mais je n'en ferai rien, a-t-il repris. J'ai décidé de te faire confiance.

Ma cuillère a retrouvé son poids normal. Toutefois, mes yeux restaient rivés sur la table. Hugo s'est redressé:

— Promets-moi d'être prudent! S'il t'arrive le moindre pépin, je veux que tu me téléphones, peu importe l'heure!

Il a conclu sur un ton dramatique:

— Les grands ducs ne sont pas de mignons petits oiseaux, Maxime! Ce sont des *prédateurs*! Et les prédateurs n'apprécient jamais qu'on se mêle de leurs affaires, comprends-tu?

En entendant le mot prédateur, jc me suis senti démasqué. J'ai attendu que mon père quitte la pièce pour recommencer à respirer.

***

J'avais enfilé mes vêtements les plus chauds: anorak, pantalon de ski, tuque, bottes fourrées.

Quand Etcétéra m'a ouvert la porte de son bureau, sa longue tuque jaune et sa combinaison de ski bariolée m'ont abasourdi. Il avait sûrement déniché ça dans une boutique pour les clowns.

Pendant qu'il s'affairait, j'ai réfléchi à ce qui nous pendait au bout du nez.

Si on rencontrait Red, serait-il assez lucide pour nous reconnaître? Ou, au contraire, serait-il dominé par ses pulsions au point de nous attaquer?

Quant à le convaincre de revenir dans le droit chemin, je n'avais aucune idée sur la façon de m'y prendre.

Etcétéra remplissait un grand sac à dos avec sa «panoplie de chasseur de vampires». Cet attirail comprenait un crucifix, de l'eau bénite, des gousses d'ail, des pieux en bois de tremble...

— C'est ce bois-là qui a servi à fabriquer la croix de Jésus-Christ, m'a-t-il expliqué. Dans la chasse au vampire, etc., il ne faut épargner aucun détail!

Une autre question me chicotait. Comment empêcher ce guignol de tuer Red si l'occasion se présentait?

Dehors, il faisait noir et froid. La plupart des gens étaient à la maison, au chaud, heureux que la fin de semaine soit enfin arrivée.

Tout à coup, cette expédition me semblait une folie.

Chapitre III
Les yeux de feu

Etcétéra a laissé sa voiture au stationnement de la place d'Youville. Puis on s'est dirigés vers le Vieux-Québec.

Il y avait peu de monde dehors à cause du froid arctique. Même les étoiles, là-haut, paraissaient claquer des dents.

— La nuit idéale pour débusquer un vampire! répétait sans cesse Etcétéra. Cette expédition sera historique, Maxime!

On a flâné dans les boutiques de la rue Saint-Jean et de la Côte de la Fabrique.

Etcétéra disait qu'on n'était pas pressés. Il était détendu. On aurait dit qu'il avait oublié le but de notre expédition. Moi, je m'en souvenais et je me sentais tout mou en dedans.

À vingt et une heures, la plupart des boutiques ont fermé leurs portes. Les passants, frigorifiés, désertaient les rues.

— Qu'est-ce qu'on fait maintenant?

— Rien! Il est encore trop tôt, etc.

Gardons simplement l'oeil ouvert.

Pour tuer le temps, on a visité quelques sites touristiques.

Plus tard, tandis qu'on descendait la rue Buade, Etcétéra a consulté sa montre:

— Minuit! Bon, passons aux choses sérieuses!

Son plan consistait à explorer les petites rues. J'étais d'accord avec lui, puisque les vampires préfèrent les endroits peu fréquentés.

J'ai essayé de retenir le nom des rues où il m'a conduit, mais je me suis vite lassé.

On ne croisait plus personne. Autour de nous, tout n'était que murs de pierres, coins sombres, portes cochères... L'obscurité et le silence régnaient, remplis de dangers innommables.

Au bout d'une heure, une lourde neige s'est mise à tomber.

Moi, j'en avais plus que marre. Le froid, la fatigue et la trouille avaient accompli leur oeuvre.

— Arrêtons-nous ici, a dit Etcétéra en bâillant.

— Tu as sommeil?

— Non, a-t-il répondu en s'écroulant sur un banc de neige. J'ai juste envie... de me reposer... un instant...

Il a fermé les yeux, puis il a cessé de bouger. La neige tombait si abondamment qu'il ressemblait au Bonhomme Carnaval. Je l'ai secoué:

— Réveille-toi! Réveille-toi donc!

Inutile. Il semblait s'endormir plus profondément à chaque secousse. Ce n'était pas normal! Quelque chose de surnaturel était en train de se produire!

On s'était arrêtés devant un immense édifice en pierre taillée. À droite, la rue montait en pente douce vers une zone mieux éclairée. À gauche, elle descendait jusqu'aux remparts. Les maisons, de chaque côté, avaient l'allure de géants mal intentionnés.

Non seulement le coin paraissait inhabité, mais on aurait dit que tout le quartier s'était vidé subitement.

Je me sentais très loin de chez moi. Soudain, c'était comme si je n'avais jamais mis les pieds dans le Vieux-Québec. Ou comme si j'étais ailleurs, perdu au milieu d'un pays inconnu et menaçant.

Affolé, j'ai secoué Etcétéra de nouveau. Rien à faire!

Il ne fallait plus compter sur lui. Je devais

marcher seul vers la zone éclairée. Là, je croiserais sûrement quelqu'un à qui je demanderais de l'aide.

J'ai commencé à remonter la rue. Les flocons formaient devant moi une sorte d'écran grisâtre. Au-delà de trois mètres, je ne distinguais plus rien.

Une méchante question a surgi dans ma tête:

«Où t'en vas-tu, Maxime? Tu penses vraiment croiser quelqu'un à cette heure de la nuit et par un temps pareil?»

C'était la panique qui me parlait, j'avais reconnu sa voix.

«Aurais-tu oublié qu'un vampire rôde par ici? D'ailleurs, il est peut-être tout près, à t'attendre! Lorsqu'il t'attrapera, il enfoncera ses crocs dans ton cou et se délectera de ton sang!»

Cette voix haïssable refusait de se taire. L'angoisse me serrait le coeur de plus en plus fort.

Après la neige, le vent s'est mis de la partie. Ma foi, j'étais pris en pleine tempête!

Je me suis rappelé Tintin malmené par le blizzard, au milieu de *Tintin au Tibet*, et criant: «Ohé! Ohé!» Les images de l'album se succédaient dans mon esprit...

Le yéti passait devant Tintin qui croyait voir le capitaine Haddock. Tintin tombait dans une crevasse. Milou, enseveli sous la neige, hurlait: «Ouuuuuwoouuuuwou».

Je me suis retourné. La tempête avait déjà effacé Etcétéra. Je me suis senti encore plus seul. J'avais envie de pleurer de

désespoir et de rage.

Petit à petit, l'écran de neige étouffait la lumière au bout de la rue.

J'ai continué à marcher, penché en avant, les mains devant les yeux pour ne pas être aveuglé par la neige. Les flocons s'engouffraient sous mon capuchon et dans mes bottes.

J'étais bel et bien dans *Tintin au Tibet*, sauf que le pays n'était pas le même. Imitant alors Tintin, je me suis mis à crier en espérant que des passants invisibles m'entendraient.

J'ai fini par me taire.

Je ne distinguais plus rien. Au rythme où j'avançais, je n'atteindrais jamais le haut de la pente. Mais revenir auprès d'Et-cétéra me semblait tout aussi long.

Le découragement s'est emparé de moi. Mon corps n'était plus qu'une carcasse gelée et fatiguée. J'ai eu la tentation de me laisser choir dans la neige.

Heureusement, j'ai encore pensé à Tintin et à son héroïsme. Non, je ne devais pas abandonner! Si je m'écroulais, je m'endormirais inévitablement. Et dormir dehors par ce froid pouvait signifier la mort.

C'est à cet instant que j'ai entendu le cri!

Interminable, lugubre, déchirant! Un hurlement à vous glacer jusqu'aux os, quoique dans mon cas, c'était déjà fait.

Un autre cri, tout aussi horrible, lui a bientôt succédé. Et celui-là était plus proche encore.

Un vampire! C'était un vampire qui avait hurlé, j'en étais sûr! Un vampire qui se rapprochait! Qui me guettait! Si je restais là, il... il...!

NON!

En voulant revenir sur mes pas, j'ai aperçu quelque chose, au milieu de la rue, pas très loin de moi.

Deux points rouges suspendus à deux mètres du sol! Brillants, ardents, ensanglantés!

Des yeux! Les yeux d'un vampire!

Les yeux de Red Lerouge!

J'étais terrifié. Mon coeur se débattait comme s'il voulait s'échapper de ma poitrine.

Red était là! Mon ami Red qui avait rechuté, qui était redevenu un monstre! Il me sauterait à la gorge si je ne...!

Du calme! m'a ordonné ma raison. Red n'avait pas pu distinguer mon visage à travers cette tempête! Donc, il ne m'avait pas reconnu! Je devais lui parler et alors...

— Red? C'est moi, Maxime!

Les points rouges continuaient à étinceler.

— Reconnais-tu ma voix? Je suis ton ami!

Cette fois, j'ai obtenu une réponse, mais pas celle que je souhaitais. Au lieu de parler, Red a éclaté de rire.

Avec sa voix d'outre-tombe, ça donnait un ricanement hideux, démoniaque! De plus, on aurait dit que son rire jaillissait de partout, qu'il m'entourait! Comme si le Vieux-Québec lui-même riait!

Ainsi que je l'avais craint, les pulsions vampiriques de Red lui avaient fait perdre la tête! Celui qui se trouvait devant moi n'était plus un ami, mais un véritable prédateur assoiffé de sang!

J'étais incapable de supporter ça! Ce cauchemar dépassait les bornes!

Je me suis précipité vers le haut de la pente. Cependant, mes jambes m'ont très vite lâché et je suis tombé de tout mon long dans la neige.

Un hurlement a crevé mes tympans, comme une perceuse électrique. Impossible de me relever: j'étais à court d'énergie.

L'habit empoisonné du froid m'enveloppait. Pendant ce temps, le regard rouge se rapprochait, se rapprochait...

Une deuxième paire d'yeux s'est allumée devant moi. Plus loin, j'en ai vu apparaître une troisième. J'étais pris entre deux feux, c'était le cas de le dire.

Trois vampires! Donc, Red n'était pas seul! Qu'est-ce que ça signifiait?

Le troisième vampire descendait la rue. Sous les yeux maléfiques, je commençais à distinguer une silhouette. Puis, j'ai vu son visage.

Ce n'était pas Red Lerouge. Ce vampire-là avait de longs cheveux noirs, lui aussi, et sa bouche avait la couleur du sang. Mais ses traits étaient différents.

Son sourire était le plus grimaçant et le plus malsain que l'on puisse imaginer. Le sourire d'un chat s'apprêtant à croquer une souris!

Alors, provenant de toutes les directions à la fois, la voix de Red Lerouge a transpercé la tempête:

— Tu es à ma merci, Maxime! Plus personne n'est en mesure de t'aider!

Et son rire insupportable a appuyé ses paroles.

Red était devenu le chef d'un groupe de vampires! Je n'imaginais pas d'autre explication. Où avait-il bien pu dénicher ses complices?

À présent, les trois vampires m'entouraient. Tandis qu'ils se penchaient sur moi, six yeux rouges remplissaient mon champ de vision.

«Dors!», m'a ordonné la voix de Red, résonnant à l'intérieur de ma tête.

Un S.O.S. a émergé du plus profond de mon âme...

... et j'ai perdu connaissance.

Chapitre IV
La crypte

Je me suis réveillé en sursaut.

J'étais étendu sur une dalle. Une draperie rouge dissimulait le mur en face de moi. Les autres murs, ainsi que le plafond et le plancher, étaient en pierre brute.

À ma gauche, tout n'était qu'obscurité. À ma droite, rempli à moitié de charbons ardents, un brasero répandait un peu de lumière.

Je me trouvais dans une espèce de crypte.

Je claquais des dents à cause du froid. Ma tuque avait disparu, mais les vampires m'avaient laissé mes autres vêtements d'hiver.

Les vampires! Soudain, je me souvenais de tout: Etcétéra, la tempête, Red Lerouge, ses acolytes!

Affolé, j'ai tâté mon cou. Aucun signe de morsure. Pourquoi Red m'avait-il épargné?

Je suis descendu de la dalle avec

précaution. J'ignorais où étaient les vampires, mais je ne voulais surtout pas les attirer en faisant du bruit.

Les murs étaient couverts de moisissure. Des fils d'araignées s'accrochaient à mon visage. Il ne manquait que deux ou trois squelettes pourrissant sur le sol!

Un tableau était pendu au mur, juste au-dessus du brasero. En le regardant de plus près, je n'ai pu m'empêcher de frémir.

C'était un portrait de Red Lerouge. Et pourtant, jamais je n'aurais pu l'imaginer aussi diabolique!

Passons vite sur sa chevelure blanche, car je savais que le noir n'était pas sa couleur naturelle.

Ses yeux étaient entièrement rouges, les globes oculaires étaient gorgés de sang. Sa bouche ouverte laissait voir deux crocs prêts à mordre. Son expression en était une de pure cruauté, sinon de démence.

Il portait un costume noir et une longue cape rouge. En arrière-plan, un vieux château se dressait au sommet d'une montagne. L'ensemble baignait dans la brume et dans la nuit.

Ce tableau suggérait que Red était bien plus qu'un simple vampire. Il faisait songer à un seigneur! À un vampire régnant sur d'autres vampires!

Autrement dit, à une sorte de Dracula!

Mardi dernier, Red n'avait pas cédé à des pulsions trop fortes pour lui. En réalité, il n'avait jamais cessé d'être un vampire! Depuis des années, il mentait à tout le monde à propos de sa prétendue abstinence!

Ça me terrifiait de découvrir à quel point je m'étais trompé à son sujet. Ou plutôt, non, c'était *lui* qui m'avait trompé! Red Lerouge m'avait berné comme seul un monstre de son acabit en était capable!

Et c'était ce monstre-là qui me gardait prisonnier à l'intérieur de cette crypte!

Soudain, quelqu'un m'a touché l'épaule gauche. Je me suis retourné en criant.

Il n'y avait personne.

— Qui... qui est là? ai-je demandé en retenant mon souffle.

Pour toute réponse, j'ai senti une nouvelle pression sur mon épaule. J'ai bondi de côté. Toujours personne!

Mes ravisseurs avaient-ils le pouvoir de se rendre invisibles? Si oui, cherchaient-ils à me faire mourir de terreur?

Quand ça s'est reproduit une troisième

fois... Horreur! Une araignée était juchée sur mon épaule! Une araignée couverte de poils noirs, aussi grosse qu'une main d'homme!

Je l'ai vite repoussée, puis je me suis adossé au mur. Je tremblais des pieds à la tête. D'où venait cette affreuse bestiole? Y en avait-il d'autres? Je scrutais les alentours avec des yeux exorbités.

Dans la partie obscure de la crypte, un mouvement a attiré mon attention. J'ai cessé de respirer.

Le mur, là-bas, était couvert de centaines d'araignées qui bougeaient! Elles étaient en train de descendre! Quelques-unes avaient même atteint le plancher et s'avançaient dans ma direction!

J'étais paralysé! Déjà, plusieurs bestioles avaient contourné la dalle. Les autres continuaient à se détacher du mur pour se joindre à la horde.

Deux mètres seulement nous séparaient! Désespéré, je cherchais des yeux un moyen de défense quelconque. Rien!

Si je me déplaçais, les araignées étaient tellement nombreuses qu'elles me rejoindraient aussitôt! Il n'existait qu'une seule solution: sortir d'ici. Mais je ne voyais aucune porte! J'étais pris au piège!

Les premières araignées ont touché mes bottes. J'ai piétiné le sol en hurlant pour les chasser. Quand l'une d'elles a monté le long de ma jambe, j'ai perdu la tête.

Je me suis élancé comme un hystérique, sans regarder où j'allais. J'ai heurté le brasero. Le bassin a basculé et, dans un jaillissement d'étincelles, les charbons se sont répandus sur le sol.

À présent, les araignées couraient en tous sens. Quelques-unes grillaient en dégageant une odeur nauséabonde. Moi, je ne bougeais plus.

Un charbon avait roulé jusqu'à la draperie rouge et un large pan de tissu flambait. La fumée, noire et épaisse, me faisait tousser. Les larmes brouillaient ma vue. Autour de moi, la température s'élevait rapidement.

Un morceau de la draperie est tombé en

cendres. Surprise! Là où il aurait dû y avoir un mur, je ne distinguais rien. Était-ce une illusion d'optique?

Je me suis rapproché en évitant les charbons et les araignées devenues folles. Je ne m'étais pas trompé! Avant de brûler, ce morceau de draperie dissimulait l'entrée d'un couloir!

Une fois dans le passage, j'ai couru à perdre haleine. Puis, j'ai dû ralentir après un tournant, car la lumière des flammes ne m'éclairait plus.

Il faisait si noir maintenant que je m'orientais en tâtant les murs visqueux. C'était dégoûtant! Je craignais d'entrer en contact avec une araignée perdue ou d'en recevoir une sur la tête.

Je tâchais de faire le moins de bruit possible. De même que l'obscurité, le silence absolu semblait cacher quelque chose d'hypocrite et de dangereux. À tout moment, je m'attendais à voir apparaître un vampire, sinon Red Lerouge lui-même.

Après une assez longue distance, mes pieds ont heurté un obstacle. C'était une marche, la première d'un escalier creusé à même le mur.

À plusieurs reprises, j'ai failli glisser en

montant les marches humides. Les ténèbres m'enveloppaient toujours et le froid était revenu. L'inédit, c'était cette odeur de moisi qui agressait mes narines.

Les marches se sont arrêtées à l'entrée d'un nouveau passage. J'ai tourné à droite. Toujours en tâtonnant, je suis arrivé au bas d'un autre escalier.

J'avais gravi une trentaine de marches quand j'ai entendu des bruits venant de plus haut. Des couinements, des grattements. Et ces bruits se rapprochaient!

Des rats! Des rats, bien sûr! Pas de mignons petits rats blancs que l'on achète dans une animalerie. Mais de gros rats gris, sournois, affamés et infestés de microbes!

Au diable la moisissure! Faisant demi-tour, j'ai dévalé les marches. Puis j'ai foncé dans le couloir, les bras tendus devant moi.

À leur tour, les rats ont quitté l'escalier. Leurs cris, multipliés par l'écho, avaient complètement balayé le silence.

J'ai failli m'assommer en rencontrant un mur de pierres. Heureusement, mes bras ont amorti le choc.

J'étais arrivé au bout d'un cul-de-sac!

Chapitre V
L'image de mon père

Mes mains fouillaient le mur avec fébrilité.

Il fallait que je trouve une issue: porte, escalier, n'importe quoi! Et immédiatement! Sinon les foutus rats me rejoindraient et ne feraient qu'une bouchée du pauvre garçon que j'étais!

Ce mur-là n'avait rien à m'offrir. Je me suis jeté sur le mur d'angle et je l'ai exploré tout aussi fiévreusement. Je me parlais à voix haute. Je pleurais. Je hurlais!

Les rats s'approchaient dangereusement. Le pire, c'était de les savoir là et de ne pas les voir. Leurs cris et leurs piétinements m'enlevaient toute lucidité.

Soudain, mes mains ont plongé dans un trou. Creusé à un mètre et demi environ au-dessus du sol, ce trou semblait assez large et assez creux pour que j'y entre.

À l'instant où je me hissais, deux ou trois rats ont bondi sur mes jambes. Leurs griffes ont traversé mon pantalon de ski. J'ai secoué les pieds en criant, puis je me suis enfoncé plus profondément dans la cavité.

J'entendais les rats crier de frustration. Avançant encore, j'ai compris que je me trouvais dans un conduit horizontal de forme ronde.

À quatre pattes, je me suis enfui vers l'intérieur du boyau.

Quand j'ai cessé d'entendre les rats, je me suis couché à plat ventre, la tête au creux des bras. La tension accumulée s'est libérée d'un seul coup et j'ai pleuré à n'en plus finir.

Après je ne sais combien de temps, j'ai relevé la tête.

J'avais beau avoir échappé à mes poursuivants, ma situation n'avait rien d'enviable. Allongé dans ce tunnel obscur, je me sentais isolé, désespérément loin de tout. Il me semblait que j'étais suspendu au milieu du vide interstellaire.

Afin de me donner du courage, j'ai pensé à Hugo. J'imaginais son regard confiant posé sur moi, le sourire calme et doux qu'il me faisait quand j'en avais besoin. Je l'entendais même me dire: «N'abandonne pas, Maxime! C'est difficile, mais tu t'en sortiras! Je le sais!»

J'ai repris ma route. Durant les interminables minutes qui ont suivi, j'ai rampé en ne songeant qu'à mon père.

Loin en avant, un point grisâtre est apparu. À mesure que j'avançais, ce point devenait un cercle, et ce cercle s'élargissait. Un bon exemple de ce que l'on appelle la lumière au bout du tunnel!

Le boyau débouchait sur une crypte un peu semblable à la première. Là aussi, un brasero créait le même semblant d'éclairage. Tous les murs, par contre, étaient recouverts de draperies.

Je me suis approché des caisses entassées dans un coin.

Chacune d'elles arborait une grosse croix rouge. Pas besoin de les ouvrir. J'avais deviné qu'elles contenaient les sachets de sang volés durant la nuit de mardi!

Cette découverte confirmait mes soupçons. Red Lerouge et ses complices avaient commis ce vol. Mais pourquoi accumuler cette bouffe en conserve quand la ville regorgeait de citoyens au sang frais?

Je ne voyais qu'une raison. Se nourrir à même le cou des gens n'était pas une méthode particulièrement discrète. Red désirait donc passer inaperçu.

Mais les vampires ne raffolent sûrement pas de la discipline. Partant de ce principe, je supposais que les comparses de Red lui désobéissaient. Selon moi, ils avaient dédaigné les sachets de sang pour se rabattre sur de petites bêtes vivantes.

Les délits attribués à un «prédateur sexuel» n'étaient pas non plus son oeuvre à lui, mais celle de ses acolytes. Ne correspondaient-ils pas, eux aussi, aux descriptions fournies par les témoins?

La présence de ces caisses me disait que mes ravisseurs étaient tout près. Cet endroit d'où j'essayais de m'échapper était sans doute leur repaire!

Écartant une draperie, j'ai aussitôt déniché une porte. J'ai soulevé le madrier qui la barricadait et je l'ai déposé sur le sol.

J'ai tiré le battant, j'ai tendu l'oreille...
Silence.

J'ai attendu une bonne minute avant de passer la tête dans l'ouverture. Derrière cette porte, il y avait une troisième crypte. Elle paraissait vide. Puis j'ai remarqué des espèces de longues boîtes posées directement sur le sol.

Des cercueils!

C'était le dortoir des vampires!

J'ai compté huit cercueils. Red avait donc au moins sept complices. Une véritable armée!

Pas question de m'attarder ici! J'ai vite refermé la porte. En tirant la draperie, j'ai découvert une échelle métallique scellée au mur. Elle menait à un conduit vertical aménagé dans le plafond.

J'ai commencé à gravir l'échelle. Une fois à l'intérieur du conduit, j'ai encore escaladé une dizaine d'échelons, puis je me suis immobilisé.

Non seulement il faisait noir là-dedans, mais les parois comprimaient mes épaules.

L'air me manquait. J'avais peur de rester coincé et de mourir d'asphyxie!

La panique a fait monter en moi un chant de désespoir.

C'est encore Hugo qui m'a empêché de craquer. Son visage a surgi au milieu des petits diables qui hurlaient dans ma tête. Et j'ai entendu de nouveau les paroles qu'il avait prononcées à la suite de mon mensonge:

«Promets-moi d'être prudent. Si jamais il t'arrive le moindre pépin, je veux que tu me téléphones, peu importe l'heure!»

Je lui ai répondu:

«Si tu savais dans quelle aventure je me suis embarqué! Tu parles de pépins? Eh bien, il ne m'arrive que ça!... Te téléphoner, je le voudrais bien, mais il n'y a pas d'appareil ici! Pourtant, je vais le faire, je te le promets! Aussitôt que je le pourrai!»

Tout en parlant, j'ai recommencé à grimper. Je ne sais pas combien de temps a duré mon ascension, mais je me rappelle chacun des mots que j'ai dits à mon père.

J'ai abouti dans une pièce aussi obscure que le conduit.

À force de tâtonner, j'ai découvert une porte. De l'autre côté, un corridor filait vers deux rectangles de lumière pâle. J'ai marché jusque-là, puis j'ai ouvert l'une des deux portes vitrées.

Quel contraste! Ici, les murs étaient lisses, les planchers propres. Il y avait des colonnes. Et le petit escalier était bien entretenu.

J'ai sursauté en lisant une inscription sur le mur: «Bienvenue au Palais Montcalm».

Ébahi, j'ai regardé par les fenêtres. La place d'Youville était là! J'ai vu aussi qu'il faisait encore nuit. L'horloge du terminus d'autobus indiquait quatre heures vingt.

J'étais dans le hall d'entrée du Palais Montcalm! Donc, le repaire des vampires se trouvait en dessous d'une des salles les plus courues de la ville!

Les édifices publics étant fermés durant la nuit, j'étais condamné à demeurer ici jusqu'au matin. À tout hasard, j'ai poussé une porte. Elle s'est ouverte sans résistance.

Quelque chose clochait. Je suis quand même sorti et je me suis arrêté en haut du grand perron. La tempête avait laissé partout une épaisse couche de neige.

L'air pur m'enivrait. Mais je conservais assez de lucidité pour voir le spectacle qui s'offrait à moi.

Que ce soit sur l'autoroute Dufferin-Montmorency ou dans la rue Saint-Jean, toutes les voitures s'étaient immobilisées. Cependant, leurs phares brillaient et leurs tuyaux d'échappement crachaient des nuages.

À la station de taxis, les chauffeurs ne bougeaient pas d'un poil derrière leur volant. Ils avaient pourtant les yeux ouverts. J'ai cogné aux vitres de quelques véhicules, mais personne n'a réagi.

Planté au beau milieu de la rue, un homme gardait le bras levé pour appeler un taxi. On aurait dit que le froid l'avait congelé d'un seul coup. Toutefois, la condensation de son haleine indiquait qu'il respirait normalement. Lorsque je suis allé à sa rencontre, il n'a pas eu davantage de réaction qu'une statue.

La vie s'était arrêtée dans les environs. Apparemment, j'étais la seule personne encore dotée de mobilité.

Sur ce décor figé, le silence s'imposait, glacial comme la mort, inquiétant comme la solitude.

Chapitre VI
Red Lerouge

Mon cerveau s'était-il détraqué?

Une voix en provenance de la porte Saint-Jean m'a vite rassuré.

— Hé! Maxime! Où étais-tu, etc.? Je te cherche depuis une demi-heure!

Vraiment, je n'aurais jamais pensé éprouver autant de plaisir à revoir Etcétéra! Même que je me suis précipité pour me blottir contre lui.

— Holà! Qu'est-ce qui me vaut ces surprenantes effusions?

Je lui ai rapidement raconté mes aventures. De mon côté, j'étais curieux d'apprendre comment il était parvenu à se réveiller.

— Au cas où je tomberais de fatigue durant l'expédition, etc., j'avais conçu le dispositif que voici...

Il a retiré son invraisemblable tuque pour me montrer ce qu'elle cachait. Un petit réveille-matin, maintenu en place par un ruban adhésif, était posé à plat sur sa tête.

— Je l'avais réglé pour qu'il sonne à quatre heures. Cela a fonctionné à merveille! Ingénieux dispositif, n'est-ce pas?

— Très ingénieux, ai-je répondu avec ennui. Mais, puisque tu n'en as plus besoin, pourquoi le laisses-tu là?

— Parce qu'il sonnera de nouveau à huit heures. Cela s'appelle de la prévoyance, mon ami! Qui sait les périls que la nuit nous réserve encore?

Une fois tiré du sommeil, il avait ensuite arpenté les rues en m'appelant. Finalement, il avait décidé de revenir à la place d'Youville.

— Je comptais avertir la police, etc. Mais les rares personnes que j'ai croisées avaient été changées en statues! Quel étrange phénomène! Red Lerouge a peut-être paralysé ainsi la ville entière!

— Tu crois que c'est lui, le responsable?

— Ne viens-tu pas de me dire que Red Lerouge est un vampire de haut rang? Ces vampires-là possèdent de nombreux pouvoirs surnaturels! Mon sommeil, c'est lui qui l'a provoqué, j'en suis sûr! Tout comme il a déclenché la tempête de neige!

Sa théorie tenait debout. N'était-ce pas la voix de Red qui, un peu plus tard, m'avait plongé à mon tour dans l'inconscience?

Parce que je commençais à avoir très froid, j'ai proposé que l'on cherche un abri. Avant de partir, Etcétéra a brandi le poing en direction du Palais Montcalm:

— Red Lerouge, créature de l'enfer! Je reviendrai t'affronter, etc.! Et alors tu verras que le Bien triomphe toujours du Mal!

À cet instant, une voix a envahi la place d'Youville, aussi forte que si elle était amplifiée par des haut-parleurs:

— Cela reste à prouver, pauvre mortel!

La voix de Red Lerouge! Etcétéra m'a indiqué la porte Saint-Jean d'un doigt tremblant.

Red se tenait debout sur l'un des créneaux surplombant la voûte. Il était semblable au portrait que j'avais vu à l'intérieur de la crypte. Costume noir, longue cape rouge, cheveux blancs tombant sur les épaules, visage bestial.

Son visage, d'ailleurs, je le distinguais très bien malgré la distance. On aurait dit qu'une lueur phosphorescente émanait de sa personne.

— Et toi, Maxime, petit être insignifiant!

T'es-tu bien amusé en parcourant mon repaire? Comment as-tu aimé mes animaux de compagnie?

Il a éclaté de ce rire sardonique que j'avais déjà entendu pendant la tempête.

Quelques-uns de ses comparses avaient aussi fait leur apparition. On pouvait en compter cinq, placés de manière à nous couper toutes les issues.

Les moqueries de Red m'avaient atteint comme des coups de couteau. J'aurais voulu me décomposer en mille miettes tellement j'étais malheureux. Ou alors inventer la phrase qui lui aurait cloué le bec.

Mais mon esprit et mon coeur n'avaient plus de force. De douloureux sanglots ont noué ma gorge.

— Que tu es mignon lorsque tu pleures! m'a lancé Red Lerouge.

Le monstre s'amusait à me blesser. En dedans de moi, ça saignait! Si je survivais à cet affrontement, la blessure ne guérirait jamais, j'en étais certain.

— Pourquoi fais-tu ça? lui ai-je demandé. Pourquoi m'as-tu dit que tu avais délaissé le vampirisme?

— Cela ne te concerne pas! Les humains sont incapables de comprendre un vampire, encore moins un vampire de ma race! Je vous suis supérieur sur trop de plans!

Son corps s'est subitement transformé en une vapeur lumineuse. Cette vapeur s'est élevée dans les airs, puis elle est lentement redescendue jusqu'au sol.

Ayant repris sa forme d'origine, Red Lerouge s'est dirigé vers nous d'un pas de seigneur.

Ses yeux, fixés sur moi, ressemblaient à des charbons ardents. Je sentais mon esprit s'embrouiller. Je tentais bien de m'arracher à leur pouvoir hypnotique, mais c'était inutile.

— Suis-moi, a dit Red en s'arrêtant près de nous.

S'interposant entre le vampire et moi, Etcétéra a brandi le crucifix qui se trouvait dans son sac à dos:

— Arrière, serviteur du Mal!

— Pour qui te prends-tu, espèce de bouffon? Tu oses me défier avec ça?

Comme s'il implorait les Ténèbres, Red Lerouge a projeté ses bras au ciel. Avec sa cape ainsi déployée, il ressemblait à une gigantesque chauve-souris.

Le ciel s'est déchiré dans un épouvantable

coup de tonnerre. Très vite, de gros nuages se sont amoncelés pour masquer les étoiles. Les éclairs s'entrecroisaient, créant un fracas pareil à celui d'un bombardement.

La foudre s'est abattue aux pieds d'Etcétéra dans un tourbillon de neige. Tandis que son crucifix s'enflammait, le pauvre homme a été propulsé vers le Palais Montcalm. Red Lerouge, les bras tendus dans sa direction, contrôlait sa trajectoire.

L'animateur culturel hurlait et agitait les jambes. Décomposée en plusieurs boules de feu, la foudre tournoyait autour de lui.

Après avoir accéléré, Etcétéra s'est immobilisé au-dessus du Palais Montcalm. Puis il s'est écroulé sur le toit de l'édifice.

D'où j'étais, je ne pouvais plus le voir. Il était probablement sans connaissance, peut-être blessé ou pire encore!

— Ça t'amuse? ai-je crié à Red Lerouge. On dirait un enfant en train d'arracher les ailes d'une mouche!

— Judicieuse comparaison! Car, de mon point de vue, les humains n'ont pas plus de valeur que des insectes.

Avec sa cruauté sans bornes, il avait vraiment la repartie facile.

— Tu vas me suivre. Mais auparavant, j'aimerais te montrer quelque chose qui éveillera ton intérêt. Tu es une créature si sentimentale!

Il a pivoté sur lui-même en faisant voleter sa cape. D'un grand geste, il a désigné la porte Saint-Jean.

L'espace compris entre la voûte et le sol s'est instantanément rempli d'une sorte de brume.

Une image y est apparue, d'abord imprécise, puis de plus en plus nette. En arrière-plan, on distinguait le Château Frontenac. Au centre, on voyait la place d'Armes avec son monument.

Près de la fontaine, un personnage se tenait debout, un peu penché en avant, comme à l'affût d'un danger. Puisqu'il était parfaitement immobile, j'en ai déduit qu'il avait été statufié lui aussi.

L'image s'est rapprochée rapidement et s'est stabilisée sur un gros plan du personnage. J'ai vite constaté qu'il s'agissait d'un homme.

Puis les larmes me sont montées aux yeux lorsque j'ai compris que cet homme était *mon père*!

Hugo n'était pas resté tranquillement à la maison! Il était venu me chercher dans le Vieux-Québec! À force de se tourmenter avec mon mensonge, il avait décidé de passer à l'action!

Comment avait-il deviné où j'étais réellement? Sans doute en relisant l'article sur le «prédateur sexuel». Puis il s'était rappelé nos récentes conversations sur Ptérodactylus et Red Lerouge. Et il avait fait des liens entre tout ça.

J'avais cru que mon père n'était doué que pour s'occuper de la maison, pour me regarder gentiment et pour m'écouter lorsque j'étais triste. Soudain, je découvrais qu'il était aussi capable de m'aider en affrontant la nuit, le froid, le danger et la peur!

Son image m'attirait comme un aimant. Maintenant que je le savais à proximité, je voulais le rejoindre. Il me semblait qu'auprès de lui, mon sort serait mille fois moins pénible.

Oubliant tout le reste, je me suis mis à courir vers la porte Saint-Jean.

— Que fais-tu là? a demandé Red Lerouge. Tu dépenses de l'énergie pour rien!

J'ai traversé l'écran de brume avec une seule idée en tête: atteindre la place d'Armes au plus vite.

Rien ne s'est produit jusqu'à la rue Buade. Là, juste avant de prendre la rue du Trésor, j'ai entendu hurler un premier vampire. Puis, un deuxième hurlement a retenti. Et un troisième.

Le Château Frontenac est apparu dans mon champ de vision. En apercevant mon père, je l'ai appelé avec l'espoir naïf qu'il se remette à bouger.

Mais il est demeuré immobile, bien sûr. Seule son haleine, qui produisait de petits nuages blancs, indiquait qu'il vivait encore.

Je me suis précipité sur lui et je l'ai serré de toutes mes forces.

Entre-temps, les hurlements s'étaient multipliés. Lorsque j'ai relevé la tête, les complices de Red Lerouge étaient tous là.

Il y en avait même davantage que prévu. Non pas sept, mais huit paires d'yeux rouges encerclaient la place d'Armes.

Chapitre VII
La vengeance

Des claquements de sabots ont résonné sur le pavé. Un fiacre rouge, tiré par quatre chevaux noirs, a surgi de la rue du Fort.

Il s'est arrêté aux abords de la terrasse Dufferin. La portière de droite s'est ouverte. Red Lerouge a mis pied à terre avec élégance.

Tandis qu'il venait vers moi, son regard de feu m'a de nouveau subjugué. J'ai cessé d'étreindre mon père.

Dans ma tête, les yeux rouges grossissaient, grossissaient, grossissaient. La terreur m'ordonnait de prendre mes jambes à mon cou. Cependant, mon corps refusait d'obéir.

Soudain, une voix a retenti, me sortant de ma transe hypnotique.

— Arrêtez!

Red Lerouge me tournait le dos à présent. L'un de ses comparses avait gagné le trottoir entourant la place d'Armes.

— De quel droit oses-tu me déranger? lui a demandé Red avec colère. Toi et tes semblables, n'avez-vous pas encore compris que vous me devez obéissance?

Le vampire récalcitrant s'est encore avancé d'un pas. Les autres, un peu plus loin, paraissaient déconcertés.

— Je ne suis pas l'un de vos serviteurs! a lancé le rebelle. Laissez ce garçon tranquille!

Red Lerouge a eu un léger sursaut. Ensuite, un sourire a enlaidi son visage:

— Mais voilà mon fils qui reparaît enfin!

«Mon fils»? Avait-il réellement prononcé ces mots? Qu'est-ce que c'était que cette histoire?

— Oui, a répondu l'autre. Je suis celui que vous cherchez depuis tant d'années!

Il a fait quelques pas sur le trottoir. Comme s'il voulait se rapprocher de moi tout en gardant ses distances par rapport à son père.

— Lors de notre dernière rencontre, a dit Red Lerouge, tu semblais heureux de l'existence que tu menais. Pourquoi as-tu décidé de me trahir?

— Je semblais heureux, dites-vous?

N'aviez-vous vraiment aucune idée des tourments qui m'habitaient?

J'entendais le fils un peu plus claire-ment. Sa voix rappelait beaucoup celle de son père.

— Des tourments! s'est moqué Red Lerouge. C'est cela qui t'a conduit à briser tous les liens qui nous unissaient?

— Me séparer de vous a été le choix le plus difficile de mon existence.

Je commençais aussi à mieux distinguer ses traits. En découvrant que la ressem-blance s'étendait au visage, je me suis mis à trembler.

— Pourquoi? a questionné le père. Pour-quoi avoir choisi cette vie misérable quand tu possédais l'immortalité et la puissance?

Je tremblais de plus en plus fort. Le fils se rapprochait toujours:

— J'avais honte de ce que j'étais! Je n'acceptais plus de voler la vie des hu-mains. Finalement, j'ai compris que mon véritable désir, c'était de vivre à leur ma-nière.

— Folie! Jamais un vampire de ton rang n'est descendu aussi bas!... Il y a cent ans, tu m'as renié! Aujourd'hui, moi, Izan Blasko, comte de Transalvie, je te renie à mon tour!

Par ces paroles, le chef des vampires
avait confirmé ce que j'étais tout juste en
train de comprendre.

Il n'était pas le véritable Red Lerouge! Le vrai Red, le seul et unique, c'était l'autre, le fils!

Le monstre qui menaçait Québec, qui commandait aux éléments, qui m'avait enfermé dans une crypte, qui avait statufié la population s'appelait Izan Blasko et il était le père de Red! Voilà pourquoi il ressemblait à s'y méprendre au Red Lerouge que je connaissais!

Red avait bel et bien rejeté le vampirisme un siècle auparavant! Il n'était ni méchant, ni sanguinaire, ni sadique! Il n'avait même pas fait de rechute! Il n'avait rien à se reprocher! Et il était mon ami! Il n'avait jamais cessé d'être mon ami!

— Red! lui ai-je crié.

Il m'a répondu par un sourire, puis par une citation:

— En pensant à moi, Maxime, je veux que tu n'aies jamais peur.

C'était comme si ma peine, mon angoisse et mon désespoir venaient de tomber en poussière. J'avais envie de pleurer et de rire à la fois.

— Red, j'ai cru que c'était toi! J'ai cru que tu m'avais trahi et que tu étais le pire des monstres!

— Mon père est venu à Québec afin de me ramener avec lui. Très vite, j'ai senti une présence maléfique dans cette ville et j'ai dû me cacher. Cette nuit, j'ai veillé sur toi du mieux que j'ai pu! Je t'ai suivi, mais mon père te surveillait lui aussi. Il t'a capturé pour me forcer à sortir de l'ombre!

J'ai voulu m'élancer vers lui. Mais la voix de Blasko a claqué, et mes pieds sont devenus aussi lourds que du béton. Je me suis débattu en vain.

— Lorsque tu m'as rejeté, a repris Blasko, tu n'as même pas eu le courage de me le dire! Tu avais trop peur de moi, de mon influence sur toi, de ma puissance! Et tu t'es enfui de la Transalvie en espérant que je ne te retrouverais jamais!

— Il vous a quand même fallu un siècle pour y arriver.

— Crois-tu vraiment que j'avais perdu ta trace? Je connais chacune des identités que tu as prises durant ces années! Quand j'ai su que tu retournais à Québec, où se trouve l'un de mes plus vieux repaires, j'ai décidé que le temps était venu de me venger!

Il m'a pointé du doigt:

— Ce garçon est à ma merci! Ignores-tu que je n'ai qu'un geste à faire pour le détruire?

— Je le sais. C'est pourquoi j'ai un compromis à vous proposer. Vous redonnez à Maxime son entière liberté. En échange, je me livre à vous.

D'abord stupéfait, le comte s'est ensuite esclaffé:

— Tu voudrais te sacrifier pour cet être insignifiant? Quelle générosité! Quelle *humanité*! Mais as-tu écouté ce que je viens de te dire? Moi aussi, je t'ai renié! Tu n'es plus mon fils, tu entends? Plus mon fils!

Il a levé les bras. Un éclair a illuminé le ciel, puis un autre et un autre encore.

Après un claquement de ses doigts, la tranquillité est revenue. Pour la première fois, le visage de Red montrait des signes de détresse.

— Tu m'as trahi! a déclaré Blasko. Maintenant, tu vas payer!

Comme si quelqu'un l'avait poussé, Red a eu un soubresaut. Ensuite, il s'est avancé en vacillant. La surprise et la peur déformaient ses traits.

— Non! a-t-il crié. Non! Pas ça!

Sa démarche ressemblait à celle d'un

robot. On aurait dit qu'il pesait des tonnes. Il tentait de résister au pouvoir de son père, mais ça ne servait à rien.

J'aurais aimé intervenir, me précipiter sur le comte et le marteler de coups de poing. Cependant, mes pieds ensorcelés me clouaient au sol.

Cherchant désespérément une solution, je me suis tourné vers Hugo.

«Papa! l'ai-je appelé en silence. As-tu conscience de ce qui se passe? Si oui, ta tête doit bouillonner d'idées et de conseils, comme d'habitude! Aide-moi! Je ne sais plus quoi faire!»

Red a agrippé le devant de mon manteau. D'un geste brusque, il m'a attiré vers lui et mes pieds ont décollé du sol.

Ses globes oculaires brûlaient d'une folie meurtrière. Sa bouche imitait la gueule d'une bête enragée. Ses crocs saillaient tels deux poignards en émail.

— Mords-la, cette stupide créature! a ordonné Blasko. Abreuve-toi de son sang! Et ma vengeance sera assouvie!

À mon étonnement, ces mots ont provoqué un changement subit dans l'expression de Red. Tout à coup, on aurait dit qu'il retrouvait sa volonté.

Mais son hésitation n'a duré qu'un très bref instant.

Ouvrant la bouche, il a rapproché ses crocs de mon cou...

Chapitre VIII
Faible, sentimental et stupide

— Non, Red! Tu ne me mordras pas! Tu es incapable de faire ça!

Comme si mon cri avait crevé sa bulle hypnotique, Red a cessé de bouger.

— Tu n'es plus un vampire! Tu es un humain, Red!... Un humain, c'est peut-être faible, sentimental et stupide! Mais c'est plus fort que tous les satanés vampires de l'univers!

Sa bouche s'est refermée. Peu à peu, le blanc de ses yeux revenait à la normale.

— Ton père est génial pour hypnotiser des gens, paralyser une ville, déclencher des tempêtes! Et pourtant, tu vaux mieux que lui, Red! Sais-tu pourquoi? Parce que toi, tu es capable d'aimer! Je le sais, puisque tu es mon ami!

Il m'a déposé sur le sol, puis il a lâché le col de mon manteau. Il ne ressemblait plus du tout à une bête, à présent.

— Ton père se croit supérieur avec ses

fichus pouvoirs maléfiques! Mais il n'a même pas la force d'aimer son fils!

Red a tourné la tête. Le comte Blasko l'observait d'un regard étrange, inhabituel, surprenant.

Avais-je des visions? Dans ce regard, j'ai cru voir alors une étincelle... d'*huma-nité*!

Autour de la place d'Armes, les vampires s'agitaient nerveusement. Blasko s'est drapé dans sa cape.

Un éclair aveuglant a zébré le ciel, accompagné d'un coup de tonnerre assourdissant.

Puis la foudre a donné le plus gros spectacle de feux d'artifice que j'aie jamais vu.

Un vent glacial s'est levé, me transperçant jusqu'à la moelle.

La neige tombait si vite qu'on aurait dit une bande vidéo en accéléré. Red a placé ses bras autour de mes épaules, et j'ai fermé les yeux.

Cela a duré une éternité.

Finalement, Red a posé une main sur ma tête.

Il me souriait.

Izan Blasko avait disparu. Ses acolytes, les chevaux, le fiacre s'étaient évaporés eux aussi.

— Maxime! a gémi mon père en se jetant sur moi. Tu n'as rien? Dis-moi que tu n'as rien!

Il m'a serré contre lui en prononçant des mots paternels. Moi, je me sentais comme quelqu'un de pas tout à fait réveillé après une longue, *très* longue nuit.

Par-delà la terrasse Dufferin, le ciel pâlissait graduellement. Au-dessus du fleuve, des goélands lançaient des cris timides. Quelques marcheurs abasourdis discutaient autour de la place d'Armes. Un peu partout, des klaxons claironnaient que la vie avait repris.

Assis au bord de la fontaine, Red contemplait un miroir de poche qu'il tenait à la main.

— Je l'ai acheté il y a un siècle, m'a-t-il dit. J'espérais y voir mon reflet un jour. Et ce jour est enfin arrivé!

L'iris de ses yeux n'était plus rouge, mais gris. Autre changement: ses crocs étaient devenus des canines ordinaires. Ça lui faisait une gueule beaucoup plus sympathique.

Écartant les bras comme un bienheureux, il a offert son visage au soleil levant:

— Depuis ma naissance, je ne peux sortir que la nuit. Et maintenant, regarde! Le soleil ne m'affecte plus!

Il est demeuré ainsi un long moment, à goûter la caresse lumineuse sur sa peau.

— Je ne garde plus aucune trace de mon passé vampirique. La métamorphose est achevée. Je suis un humain complet à présent!

Il a touché sa joue, puis il a examiné la perle liquide que ses doigts venaient d'y cueillir.

— C'est ça, pleurer? a-t-il murmuré doucement.

Debout derrière moi, Hugo gardait le silence. Même si plusieurs détails lui échappaient, sa main sur mon épaule disait qu'il comprenait l'essentiel.

Lorsqu'on est retournés à la place d'Youville, des pompiers aidaient Etcétéra à descendre du toit du Palais Montcalm. En apercevant Red, il s'est mis à hurler:

— Le vampire! Attrapez-le! Il est dangereux! Il commande à une armée de ses semblables! Attrapez-le!

Malgré son incomparable bêtise, j'étais content que l'animateur culturel soit toujours en vie.

***

Après avoir quitté le Vieux-Québec, on s'est rendus à l'hôtel où logeaient les musiciens de Ptérodactylus.

Jekyll, Karl et Gorgo dormaient. Il était encore tôt et le stress causé par la disparition de Red les avait épuisés.

Parce que leurs recherches n'avaient rien donné, ils avaient pensé annuler le spectacle. C'est donc avec un mélange de surprise, de soulagement et de joie qu'ils ont accueilli le retour de leur ami.

— Tes yeux gris sont presque beaux! a dit Jekyll à Red. Fais attention avec les filles! Tu vas briser des tas de coeurs, mon vieux!

— D'autant plus que tes crocs ont disparu! a renchéri Gorgo. Tes admiratrices voudront t'embrasser maintenant!

— Je vous invite tous au restaurant après le spectacle! a proposé Karl. Comme entrée, Red, que dirais-tu de bulbes d'ail marinés?

Je crois que je n'avais encore jamais vu personne d'aussi heureux que ces gars-là.

***

Les jours suivants, la télé et les journaux ont beaucoup parlé de la paralysie qui avait frappé en pleine nuit la population de Québec.

Pour la plupart des gens, la cause du phénomène est encore un mystère.

Hugo et moi, on est restés bouche cousue afin d'éviter des ennuis à Red. Quelques journalistes ont relaté la version d'Et-cétéra. Mais personne, naturellement, n'a pris ses propos au sérieux.

Épilogue

Le spectacle de Ptérodactylus a donc eu lieu comme prévu.

Selon ma soeur Ozzie, qui m'avait accompagné, Red a donné ce soir-là la performance de sa vie.

On s'est rendus dans la loge après le spectacle. Pendant que Jekyll, Karl et Gorgo s'intéressaient à ma soeur, Red s'est ouvert à moi davantage:

— Même si mon père est l'être le plus abominable qui existe, je reste triste de l'avoir rejeté. Est-ce que tu comprends ça, Maxime?

Je me suis demandé quels seraient mes sentiments si je devais rejeter Hugo pour une raison ou pour une autre. La douleur que j'ai ressentie à l'estomac m'a fourni la réponse.

— Cette nouvelle vie qui m'attend! a continué Red. Cette vie totalement *humaine*, eh bien... je t'avoue qu'elle me fait un peu peur!

Il me regardait avec une innocence que

j'avais rarement vue chez un adulte.

— Tu as treize ans, Maxime. Moi, je suis âgé d'une journée à peine! Voudrais-tu m'aider? Voudrais-tu me raconter ces choses que tu sais, toi, et que j'ignore?

Depuis que j'avais retrouvé Red Lerouge, la chaleur était revenue dans mon coeur. En fait, elle était encore plus grande qu'avant. Alors, je lui ai répondu:

— Malgré la différence d'âge, je suis ton ami, Red! À la vie à la mort!

Table des matières

Achevé d'imprimer
sur les presses de Litho Acme Inc.